Aventura en el parque del lago Malik, Olivia y Antonio
Por Sherefa T. Green
Ilustrado por Cameron Wilson
AF506326

Aventura en el parque del lago Malik, Olivia y Antonio

Por Sherefa T. Green

Ilustrado por Cameron Wilson

DEDICATORIA

Este libro está dedicado a Antonio, Olivia y Malik Smith. Es un libro para niños que se basa en conversaciones cotidianas que ayudarán a los niños a afrontar, cultivar y empoderarse para lidiar con la vida cotidiana. Los motivará a sacar a relucir los Reyes y las Reinas de sus personalidades. Este libro también presenta principios bíblicos en cada conversación para ayudar a que sus mentes se vuelvan más fértiles; a cambio, encontrarán paz, alegría y fortaleza; sin demasiada microgestión. Además, conducirá a diferentes resultados a medida que atraviesan los desafíos y experiencias de la vida para refrescarse, restablecerse y renovarse, lo que más tarde producirá un futuro rentable. Legados del Reino.

CONTENIDO

	expresiones de gratitud	i
1	Capítulo uno	1-2
2	Capítulo dos	3-5
3	Capítulo tres	6-9
4	Capítulo cuatro	10-12
5	Capítulo cinco	13-16
6	Capítulo seis	17-19
7	Capítulo siete	20-23
8	Capítulo ocho	24-28

EXPRESIONES DE GRATITUD

En primer lugar, me gustaría agradecer a mi Padre Celestial (Abba). Sin Él, esta Visión no sería posible. En segundo lugar, me gustaría agradecer a mi hermosa Suga Dumpling, mi madre Marcia Palmer, por su amor y apoyo. Ella creyó en mí en cada paso del camino. Estoy muy agradecida, gracias.

Al Next Level Faith Center bajo el liderazgo dinámico del Apóstol Lashon Reese y el Pastor Olden Reese. Mis hermosos padrinos. Los amo tanto que las palabras nunca podrían expresar mi gratitud. Al grupo de oración Warriors on the Wall (W.O.W) bajo el poderoso liderazgo de la profetisa Tracy Magwood, es gracias a las oraciones y la gracia de Dios que llegué hasta aquí y más allá. Por último, pero no menos importante, a Michelle Watson por su diligencia y su ayuda sincera. Y a todos los que contribuyeron para hacer posible esta Visión, los aprecio a todos, muchas gracias. Yahweh, Yahweh. ¡Bendiciones!

CAPÍTULO UNO

Todos los días alrededor de las 12 del mediodía Malik se levantaba, se cepillaba los dientes, se secaba la cara y corría a la habitación de su mamá muy emocionado, porque hoy era el día en el que sabía que su mamá lo llevaría al parque. Abrió ligeramente la puerta de la habitación de su mamá, se subió al borde de su cama, se inclinó para besar su rostro soñoliento mientras presionaba suavemente sus deditos sobre sus mejillas y frotaba sus manos frías contra su piel cálida.

"¡Mamá! ¡Levántate! ¡Mamá, mamá!" repitió Malik. "¿Estás despierta? Es hora de ir al parque. ¡Mamá! ¡Levántate! ¿Me escuchaste?"

Con su cálido beso, su suave tacto y su voz dulce, mamá empezó a despertar de su

sueño. "Sí, Malik. ¿Qué quieres?", preguntó mamá somnolienta.

"Recuerda que dijiste que nos llevarías al parque", dijo Malik.

"Sí", respondió mamá.

"Bueno, Antonio, Olivia y yo estamos listos", dijo Malik.

Mamá gimió cansada y se puso la manta azul sobre la cabeza.

"Mamá, ¡levántate, por favor!",dijo Malik ansiosamente. "Te compraré algo".

"Like what Malik?" asked Mom.

"Jewelry," said Malik.

Since Mom likes to keep her promises most of the time, she tilted her head back and forth, turned on her side, sat up, and placed her feet on the ground. She then slides her beautiful red polished toes into the beautiful red fluffy slippers awaiting at the side of her bed.

Malik ran out of mom's room. "Antonio! Olivia! Wake up, wake up, wake up! It's time to go!"
"Malik, what do you want?" They both softly whisper.

"Mom is getting dressed to take us to the park," said Malik.

"We going to the park!" screamed Olivia, as she wasted no time jumping out of her bed. She headed to her closet, changed her sleeping wear to a more appealing attire.

CAPÍTULO DOS

"¡Sí, vamos al parque! ¡Vamos al parque!" cantó Malik. "¿Antonio, estás vestido?"

¡No, Malik! ¡No encuentro mi camisa! gritó Antonio.

Nunca encontrarás tu camisa, Bonio Tonio bromeó Malik.

Déjame solo y ve a ver la televisión. No me puedo concentrar dijo Antonio.

¡Olivia! gritó Antonio.

Sí respondió ella mientras salía corriendo de la sala de estar con una galleta a medio comer

en la mano. ¿Has visto mi camisa? preguntó Antonio.

No respondió ella con la boca llena de galletas.

Sé que la viste, porque toda tu ropa está en mi lado del armario dijo Antonio.

¿Cómo voy a ver tu camisa, Antonio, si ni siquiera sé qué camisa estás buscando? preguntó Olivia.

¡No te preocupes, Olivia! ¡Lo que dices no tiene sentido! gritó Antonio.

¿Cómo es que no tengo sentido cuando eres tú el que me pides una camiseta que no encuentras y ni siquiera sé qué color estás buscando? —grita Olivia rápidamente.

Cuando los dos empiezan a atacarse mutuamente, Malik se sube a la litera de Olivia para recuperar sus juguetes. Mientras bajaba de la litera de arriba, Malik tira una camiseta blanca que colgaba del lateral de la barandilla.

Aquí tienes, Antonio Bonio dijo Malik.

Por favor, deja de decir eso. No tiene gracia, Malik, siempre estás intentando rimar mi nombre —dijo Antonio molesto.

Está bien, Tonio Bonio bromeó Malik.

Olivia se rió mientras las galletas caían de su boca.

¡Mamá! gritó Antonio. ¿Puedes traer a Malik?

¡Malik! gritó mamá.

¡Sí! respondió Malik.

¡Ven aquí! gritó mamá.

Ya voy respondió Malik. Malik se da vuelta y le susurra a Antonio: Adiós, Antonio Bonio.

“¡Mamá!”, gritó Antonio, “¡Lo está haciendo otra vez!”.

“No, no lo estoy haciendo”, dijo Malik lastimosamente mientras salía

corriendo del dormitorio.

CAPITULO TRES

Mamá estaba en la cocina calentando agua caliente en la estufa para preparar café. Escuchó una dulce vocecita que susurraba: "¿Me das un poco de leche con chocolate, por favor?". Mientras Malik, el enérgico niño de 3 años, pestañeaba con sus profundos ojos marrones que le permitían memorizar, mamá se dio vuelta y le preguntó:

"¿No estás cansado de beber leche con chocolate?".

¡No! dijo Malik frenéticamente.

¿Por qué te gusta la leche con chocolate? preguntó mamá.

Con un comentario inteligente, Malik le respondió a su madre: "Porque, como me dijiste que no podía tomar café, la leche con chocolate se parece a eso, mamá".

Mamá miró hacia el techo con gracia y dijo: "¡Señor, ayúdame! Esto es culpa mía; bebí demasiado Frappé con él cuando estaba embarazada".

"Lo quiero caliente, por favor, mamá", dijo mientras corría gritando hacia la sala de estar.
Mientras tanto, todos se estaban vistiendo y la abuela estaba en el baño arreglándose. Cuando abrió la puerta, todos sonreímos y dijimos: "¡OHHH! ¡ESO ES BONITO!".

"¡Oh, abuela!", dijo Olivia. "¡Me encanta tu camisa de lino verde claro, con tus jeans azules, tus botas negras y tu collar de perlas!".

Malik preguntó: "¿Adónde vas, abuela?".

La abuela se sonrojó mientras comenzaba a caminar por el pasillo, iluminando elegantemente la habitación. "Gracias, soy bendecida", dijo mientras lanzaba un beso al aire en el espejo.

"Ay, cariño, cariño, la abuela es mi niña favorita", cantó Malik.

"¿Están todos listos?", gritó mamá.

"Estoy listo", dijo Malik.

"Sabía que estarías listo, cariño", respondió mamá.

"¿Dónde está mi leche con chocolate caliente, mamá?",

preguntó el niño de 3 años. "Aquí mismo, cariño", dijo mamá.

"No puedo encontrar mis zapatos", dijo Antonio.

La abuela le dice a Antonio con tristeza: "Vas demasiado lento. Nunca encuentras tus cosas, pero siempre encuentras las de los demás. Si no tenemos cuidado, llegarás tarde a todo".

Después de dar varias vueltas en el armario de zapatos, Antonio finalmente encuentra sus zapatos.

"Está bien. I-10 por 10", dijo mamá. "¡Vamos a movernos!"

Abre lentamente la puerta de entrada, mientras los niños corren hacia ella corriendo emocionados por las escaleras. Entonces se dan cuenta de que la abuela no está.

"¿Dónde está la abuela?", preguntó mamá.

"Está arriba de las escaleras", dijo Olivia.

"¡Espera, mamá! ¡Espera! ¡No podemos dejar a la abuela!", dijo Malik.

Poco después, la abuela gritó: "¿Tienen sus mascarillas?"

"No", respondieron los niños. "La dejamos en el sofá".

"Bueno, no puedo recordar todo para ustedes", dijo la abuela.

"Oh, abuela", dijo Olivia. "Lo sentimos. ¿Puedes traerla para nosotros, mi hermosa

reina?" "Pregúntale a tu mamá si tiene su mascarilla", dijo la abuela.

"¡Mamá!", gritó Olivia. "La abuela dijo ¿tienes tu mascarilla?"

"Sí, la tengo, está en mi bolso", respondió mamá.

Los niños estuvieron jugando unos minutos en la acera antes de que la abuela bajara las escaleras. Al otro lado de la acera brilló un hermoso rayo de luz. La mamá reunió rápidamente a los niños y tomó una foto grupal.

"Ahí viene la abuela", dijeron los niños.

"Dime abuela, haz una foto", insistió Malik.

Mamá", preguntó la madre de los niños, "¿Adónde vas con todas esas bolsas? Solo vamos a comer bolitas de masa de azúcar en el parque".

Sí, pero necesito todos estos suministros por si acaso mis nietos tienen sed o muerden dijo la

abuela. Está bien. Tienes razón respondió mamá.

CAPÍTULO CUATRO

"¡PAREN!", gritó mamá, mientras los niños comenzaban a correr hacia el auto. "¡ESPEREN! ¡Miren a ambos lados antes de cruzar la calle! ¡Solo esperen, ya voy!"

(Clic, clic)

La puerta del auto se abrió. Antonio se apresuró a abrirle la puerta a su madre. "Ya entendí, mamá. Disculpa, Olivia. Necesito abrirle la puerta del auto a mamá. ¡Olivia!", dijo Antonio. "Soy un niño y tengo que abrir la puerta".

"¡Yo también quería abrir la puerta!", dijo Olivia molesta. Fue al otro lado e intentó abrirle la puerta del lado del pasajero a la abuela.

¡Olivia! dijo Antonio. Dije que abriría las puertas.

Eso no es justo dijo Olivia.

Mamá interrumpió la conversación. "Olivia, está bien, es un niño. Si dijo que quiere abrir la puerta del auto, déjalo". Olivia entró furiosa al auto.

Corrige tu actitud, pequeña, o nadie irá al parque le dijo mamá con severidad.

¡Olivia! dijo Malik—. Vamos, pórtate bien.

El auto arrancó automáticamente y el Bluetooth se conectó al teléfono de
mamá. "¿Es ese el pastor Matthew?", preguntó Malik.

""¡SÍ!", respondió mamá. "Ahora todos hagan silencio. No puedo escuchar". Mamá notó a través del espejo retrovisor que Malik y Olivia se miraban y comenzaban a sonreír. Poco después de que mamá estuviera en la carretera, Malik gritó: "¡MÁS RÁPIDO, MAMÁ, MÁS RÁPIDO!"

"Esto no es una carrera, Malik", dijo mamá.

"Entonces, ¿por qué conduces tan rápido?", preguntó Malik. "Porque

está en la autopista", dijo Olivia.

La abuela empezó a rezar mentalmente como siempre, mientras mamá avanzaba por la autopista. Malik empezó a molestar a mamá dándole golpecitos en el respaldo del asiento. "¿Ya llegamos, mamá?", preguntó.

"¡No!", gritó mamá.

"Bueno, ¿baja la ventanilla, mamá, por favor?", preguntó Malik.

"No puede bajar la ventanilla", dijo Olivia.

"Claro que sí, mamá puede bajar la ventanilla, Olivia, porque ya no conduce demasiado rápido", dijo

Malik.

De repente, Antonio dijo: "Mamá, recuerdo la escritura". "¿Qué

escritura?", preguntó mamá.

"Salmo 1. ¿Quieres escucharlo?", preguntó Antonio.

"Sí, adelante", dijo mamá.

Salmo 1… Bienaventurado el hombre que no anduvo en el consejo de los impíos, ni en el camino de los pecadores se detuvo centinela norte asiento de los escarnecedores lo que es más ligero en la ley del Señor y en su amor y lo mejor que medita de día y de noche será como árbol plantado junto a corrientes de agua que da fruto en su tiempo. Su hoja no los desgastará todo lo que hace prosperará jovencita no eres así pero eres como el cofre que el viento río el camino allí para los impíos no se mantendrán en el juicio, ni los pecadores en la congregación de los justos. porque el Señor conoce el camino de los justos pero el camino de los impíos perecerá." recitó Antonio.

"Está bien, está bien, veo que recuerdas las escrituras. ¡Felicitaciones!", dijo mamá, casi pasando por alto el giro. "Estamos
aquí.

"¡Sí, gracias a Dios!", dijo Malik, quitándose el cinturón de seguridad con entusiasmo.

"¡Detente! Espera a que deje de conducir y estacione", dijo mamá.

"Pero dijiste que estábamos aquí", dijo Malik.

"Sí, sé lo que dije. ¡Relájate, cariño! Déjame estacionar", dijo mamá.

CAPÍTULO CINCO

Todos empezaron a salir del coche. Malik se desabrochó el cinturón de seguridad y empezó a gatear hacia la parte delantera del vehículo.

Venía a buscarte, no te iba a dejar en el auto dijo mamá. Mira, esto es lindo.

Es lindo y verde dijo Olivia.

"¡Mira, mamá, mira!" gritaron los niños. "Los otros niños están montando en bicicleta y allí hay una estatua de un hombre sentado con una niña con las piernas cruzadas".

¡Antonio, mira, mira, mira! gritó Olivia mientras saltaba de un lado a otro. ¡Es un lago, es un gran lago

plateado! dijo Antonio. No es un lago plateado, Olivia, es solo un lago.

Pie izquierdo, pie derecho, mientras subimos la colina y luego bajamos a la pista pavimentada.

"Disculpe", dijo una voz humilde mientras cruzaba el puente del lago en bicicleta. Empezamos a ver a muchos niños y ancianos tomados de la mano. Personas de todos los ámbitos de la vida, de diferentes colores, razas, edades y orígenes. Cuando todos empezamos a explorar el parque, la vista era increíble. Los niños estaban pescando con sus padres. Una niñita iba toda de rosa, sentada en su asiento rosa, con su sombrero rosa, con su caña de pescar rosa y un ciervo rosa.

"¡Tío David! ¡Tío David!", gritaron todos los niños.

"¿Dónde?", dijo mamá, "Vaya, me olvidé por un segundo de que estaba aquí con nosotros porque estaba tan callado".

"¡Mira!", gritó Olivia, mientras saltaba arriba y abajo con una gran sonrisa en su rostro, "¿Quieres ir a pescar?". "No tenemos ningún equipo de pesca", dijo el tío David, "quizás la próxima vez".

David comenzó a inclinar la cabeza para mirar hacia el lago, mientras Antonio y la abuela leían los carteles del parque.

"Tío David", dijo Malik, "¿qué estás buscando?"

"Estoy buscando ranas", respondió el tío David.

"¿Ranas en el lago? Puede que estén congeladas", dijo Malik.

El tío David comenzó a reír. "¡Congeladas! Eres gracioso, Malik".

"¡Chicos! ¡Dense prisa! ¡Dense prisa!" gritaban alegremente Olivia y Antonio mientras corrían por el viejo pero firme puente de madera. Increíblemente, se portaron bien.

Mamá estaba grabando a todos mientras caminaban, y de repente Antonio corrió hacia ella y le dijo: "Mamá, ¿puedes placarme como si estuviéramos jugando al fútbol?".

"¿Placarte?", dijo mamá. Sin saberlo, él no tenía idea de que mamá solía jugar un poco al fútbol en sus días. Esto iba a ser un regalo fácil para ella.

"Si quieres que te derribe, alguien tiene que grabar", dijo mamá.

"Abuela, ¿puedes sostener la cámara para que mamá pueda derribarme?",

preguntó Antonio. "Hoy quiero ser libre", dijo la abuela.

"¡Vamos!" dijo Antonio. "¡Bien! Le preguntaré a Olivia". "¡Olivia! ¡Ven aquí!" gritó Antonio. "¿Puedes grabarme mientras mamá me derriba?"

"¡Ok, esto va a ser divertido!" se rió.

Olivia sostenía la cámara de manera inestable mientras comenzaba a saltar de emoción, corriendo con la cámara, repitiendo que mamá derribaba a Antonio.

Antonio intentó bloquear a su madre. Ella fue hacia la izquierda y luego hacia la derecha. Luego lo agarró y lo sostuvo boca abajo, dejándolo ir lentamente mientras ella salía corriendo rápidamente. Se dio cuenta de que él no podía alcanzarla, así que se detuvo por un segundo. Repitió la primera acción como lo hizo antes, no poco después, Antonio respirando pesadamente con un rasguño en el brazo dijo: "Estoy un poco herido, pero no estoy llorando".

Malik corrió hacia su mamá como si fuera el capitán, salvo muchas cosas; y dijo: "¿Qué le hiciste eso a mamá?" mientras se agarraba de sus piernas para defender a su hermano mayor

"Solo estamos jugando", le dijo. "Relájate, cariño".

Una vez más, Antonio comenzó a correr, esta vez se liberó en cuestión de segundos mientras mamá comenzaba a correr. El pie de mamá resbaló en la grava y casi se cae, pero recuperó el equilibrio justo al final. "Ya basta", dijo, "ya basta. De todos modos, estamos cerca del otro lado del lago".

"¡Todos, deténganse! Tomen la mano de un adulto. Este puente no tiene barandillas", dijo mamá.

<h1 style="text-align:center">CAPÍTULO SEIS</h1>

"¡Oh vaya!" dijeron mamá y David.

"Mira, hay una casa en la cima de la colina. ¿Habéis ido allí?", preguntó David.

"¡NO! Con suerte, podremos ir hasta allí", dijo la abuela. "¡Alto, muchachos! Este puente no tiene barandilla. Tómense su tiempo y relájense".

Nos dirigimos hacia el puente que formaba el camino a través del medio del lago, mientras comenzábamos a caminar hacia el centro de la pequeña casa de descanso que se había instalado.

"Necesito tomar mi café. Te estoy bajando. Estoy cansada", le dijo mamá a

Malik. "Yo también estoy cansada", respondió Malik.

"¿Cómo puedes estar cansada si soy yo quien te está cargando?", preguntó mamá.

"No lo sé, mamá, pero estoy cansada. Tómate tu café", respondió Malik.

"I can't Malik. I can't. It's hot, and you're in my hands. This is ridiculous," complained Mom. "You are too old for this."

"Mamá, hace calor y me duelen los pies. No puedo evitarlo, soy ridículamente pequeño", dijo Malik, mientras miraba a su mamá y sonrió, "Really!" said Mom.

"Mamá, tú eres la que tiene poderes, así que haz que desaparezca", dijo Malik.

"Eso es, muchacho, te voy a dejar. No tengo poderes. Tú eres el que tiene poderes", dijo mamá.

Justo cuando mamá se estaba preparando para dejar a Malik, una mujer de piel clara y cabello rubio claro, y dos chicos guapos con ojos azules dijeron: "Aquí tienes".

La mamá la miró y le entregó una bolsa llena de pan.

"¿Te gustaría alimentar a los patos?", preguntó.

"¡Sí!", dijeron los niños emocionados

Como las manos de mamá estaban ocupadas con Malik, su café y la cámara, el tío David le quitó la bolsa de pan. La bella dama comenzó a explicar que sus hijos no comen la parte de atrás del pan y que en la bolsa quedaban sándwiches de mantequilla de maní y mermelada a medio comer.

Mamá se rió. Le pareció extraño que comieran sándwiches de mantequilla de maní y mermelada. Ella respondió: "A mí tampoco. Tampoco me gusta la parte de atrás del pan".

¡MAMÁ! ¡Los patitos! ¡Bájame! exclamó Malik.

¡Muchacho! ¡No tienes que decírmelo dos veces! dijo mamá. ¡Mira! ¡Hay patos y

cisnes! NO! Son patos y gansos —dijo el esposo de la bella dama.

¡Oh! dijeron mamá y el tío David.

El tío David sacó un pan entero de la bolsa, lo partió en pedazos y lo arrojó al agua. Los patos y los gansos comenzaron a nadar cerca para comerse el pan empapado.

"Déjame intentarlo", dijo Olivia. El tío David le dio un pan entero y ella lo echó todo al agua. Malik

dijo: "Yo también quiero intentarlo", y también echó el pan entero al agua sin filtrar.

"¡NO!", dijo el tío David. "Tienen que partir el pan en porciones pequeñas, pieza por pieza, o se quedarán sin pan rápidamente".

¡Sherefa, David! ¡Miren que hay muchos más patos y patitos de este lado! gritó la abuela. Olivia se levantó

y comenzó a correr.

Tengan cuidado dijo la abuela mientras Malik corría detrás de ella.

Mamá le entregó la cámara a la abuela y se arrodilló para ayudar a sus hijos a alimentar a los patos. Malik se recostó sobre su espalda y, de repente, sopló un viento fresco y el tiempo se detuvo.

CAPÍTULO SIETE

"¡GUAU! ¡MΛMÁ, MAMÁ! Mira", dijo Malik.

"Desafortunadamente, mamá no puede oírte ni verme, joven príncipe", dijo una hermosa voz angelical. Tenía pestañas largas, plumas blancas como la nieve, un borde negro alrededor del cuello, un pico negro liso a juego y era del tamaño de un yate mediano.

"¿Quién dijo eso?", preguntó Antonio.

"No lo sé", dijo Olivia.

"Miren, muchachos, el cisne está hablando", dijo Malik.

"No pueden verme, joven príncipe", dijo el ganso mágico.

Bueno, ¿cómo es que yo puedo verte y ellos no? preguntó Malik. Debo haberte dado demasiados sándwiches de mantequilla de maní y mermelada.

Ja, ja, ja se rió el Ganso con gracia.

Bueno, ya que debes saberlo, cuando estabas recostado sobre la espalda de tu mamá deseabas que yo fuera real —explicó el Ganso. Lo hiciste con el poder de tu mente.

"¿Lo hice?", preguntó Malik.

Sí, lo hiciste, mi joven príncipe, y por eso estoy aquí dijo el ganso. Tal vez si intentas desear que tu hermano y tu hermana me vean, tal vez lo hagan.

Malik comenzó a desear en su mente que Olivia y Antonio pudieran ver al ganso mágico. Sopló una brisa fresca y, de repente, sus ojos también se abrieron.

¡MAMÁ! ¡TÍO DAVID! ¡ABUELA! gritó Antonio mientras se daba la vuelta caminando hacia atrás y perdiendo el equilibrio al ver al ganso mágico, transformándose en un hermoso paseo en bote. Dentro había ribetes dorados, azules, morados y verdes con una escalera roja. Desapareció por el otro lado y atrapó a Antonio justo antes de que tocara el agua.

"¡MAMÁ!", gritó Antonio, "¡Ayúdame!"

"Ella no puede oírte, hermoso príncipe", dijo el ganso. "Sólo el joven príncipe, la princesa y tú podéis verme

y oírme". "¡GUAU!", exclamó Olivia saltando emocionada. "¿Cómo lo hiciste?"

"Es muy sencillo, con el poder de tu mente", dijo el ganso, "así como el joven príncipe me trajo a la vida".

"Mi nombre es Malik", dijo Malik.

"Está bien, príncipe Malik", dijo el ganso canadiense.

"No soy un príncipe", respondió Malik.

"Bien. Te llamaré joven rey", respondió el Ganso.

"Mi mamá me llama así", dijo Malik.

"Entonces, joven rey", dijo el Ganso.

"¿Cómo te llamas?", preguntó Olivia.

"Bueno, princesa, mi nombre es Lady Candice", dijo el Ganso.

"Lady Candice", dijo Olivia.

"Sí", respondió ella.

"¿Qué eres? ¿Y de dónde vienes?", preguntó Olivia.

"Bueno, princesa, son dos buenas preguntas. Soy una gansa canadiense. Mi familia es originaria de Canadá. Me trajeron aquí cuando era una bebé, de tu tamaño, en un gran barco con algunos miembros de mi familia. No recuerdo mucho, pero por lo que me dijeron, mi madre eligió este gran lago para vivir conmigo, algunos de mis hermanos y mi padrastro. Y por lo que parece, hizo un TRABAJO INCREÍBLE. Puedo escuchar los corazones puros de los niños, al igual que puedo escuchar a los jóvenes reyes aquí; y transformar sus imaginaciones en vida", explicó Lady Candice.

¡Espera! ¿Pero por qué yo, Lady Goose? —preguntó Malik.

Soy Lady Candice, pero puedes llamarme Lady si quieres dijo Lady Candice. Bueno, joven rey, tu corazón es tan puro como el oro. Es un tesoro que fue encontrado.

"¡Hola! No me importa qué tesoro se haya encontrado. ¡Quiero a mi mamá!", gritó Antonio. "¡Sácame de

aquí!".

"La única forma de salir de aquí, príncipe, es usando el poder de tu mente", dijo Lady Candice.

(Comenzó a sonar una canción)

"Cuando estés pensando con los poderes de tu mente,

y creas que tu creación no saldrá bien,

escarba un poco más profundo porque nada es más poderoso que la creación de tu mente".

Entonces, de la nada, apareció una canasta dorada llena de helado en el paseo en bote.

"¡Guau! Olivia, haz eso otra vez", dijo Malik.

"Quiero pastel, dulces, agua, una muñeca nueva y un traje de princesa con una corona dorada", deseó

Olivia.

CAPITULO OCHO

"¿Les gustaría a ustedes dos unirse, príncipe, a la parte de atrás del barco?", preguntó Lady Candice.

"¡NO! ¡Que nadie se una a nada! Todos nos quedaremos donde estamos. Voy a salir de este barco y volver a nuestra vida normal", dijo Antonio.

Ja, ja, ja se rió Lady Candice. La vida normal, hermoso príncipe, ya no hay nada normal, y tampoco tú."

"¿Qué quieres decir?", preguntó Antonio.

"Bueno, en primer lugar, me estás hablando a mí, en segundo lugar, estás en mi espalda que ahora es un paseo en bote, y en tercer lugar, el joven rey ha accedido al poder de su mente", explicó Lady Candice.

"Está bien, ¿y qué tiene que ver eso conmigo?", preguntó Antonio frustrado. "Sabes qué, debes ser desdeñoso".

Hazte a un lado, muchacho dijo Olivia mientras subía las escaleras para entrar en la

atracción del Ganso Mágico. —Sí, Tonio Bonio, hazte a un lado con tu aspecto aterrador —

bromeó Malik.

¿Hablan en serio? gritó Antonio. ¿Qué dijo mamá sobre hablar con desconocidos y dejarse llevar por desconocidos?

Juntos, Malik y Olivia dijeron: "Peligro de extraños".

Olivia comenzó a decir: "Chico, ella no es una extraña. Es un pato.
 Un pato mágico al que Malik trajo a la vida con su mente. Si me preguntas, chico, ella se ve perfectamente bien para mí".

"¡Ja, ja, ja!", se rió Lady Candice. "¡NO! Él tiene razón, princesa. Aunque el joven rey me trajo a la vida con su mente, el príncipe hermoso tiene razón. Sigo siendo una extraña".

"Peligro de extraños, pato atropellado… lo que sea, Lady Candice, fue solo mi suerte", dijo

Malik. "¡Ja, ja, ja!", se rió Olivia.

"Malik, este no es momento para reír y rimar, deséennos que volvamos a la normalidad,"

dijo Antonio.

"Muévete Tonio, Bonio, bienvenido a mi imaginación", dijo Malik.

"Lady Candice", dijo Malik, "¡vamos a cabalgar!"

Antonio miró al cielo y comenzó a orar. Esta vez lo hizo bien. "Bienaventurado el hombre que no anduvo en consejo de malos, ni estuvo en camino de pecadores, ni en silla de escarnecedores se ha sentado, sino que en la ley de Jehová está su delicia, y en su ley medita de día y de noche. Será como árbol plantado junto a corrientes de aguas, que da fruto en su tiempo, y su hoja no cae; y todo lo que hace, prosperará".

Lo que Antonio no sabía es que mientras repetía la oración para sí mismo, el lago se estaba transformando en cada palabra que decía. El agua se volvió azul cristalino con un flujo constante. Los cielos se abrieron sobre sus cabezas con una luz fenomenal que marcaba el camino. Había hermosos árboles de colores inusuales plantados en las orillas del lago, de todas las formas y tamaños.

Tu activación es mi orden dijo Lady Candice en silencio para sí misma mientras Antonio comenzaba a usar el poder de su mente y sus palabras sin saberlo.

"¡Dios mío!", dijo Olivia, "Malik, ¿en qué pensaste? ¡Es hermoso! Eres muy bueno".

"No soy yo, Olivia, pensé que eras tú", dijo Malik.

"¡No! No soy yo. Pediría helado mientras cabalgamos", dijo Olivia. Cuanto más pensaba, más cosas aparecían.

"Olivia, déjame espacio a mí también", dijo Malik, "si sigues pensando que no habrá suficiente espacio para Lady Goose". Lady Candice miró a Malik, él se rió a carcajadas y dijo: "Me refiero a Lady Candice para llevar".

"Está bien, joven príncipe, quiero decir joven rey, no hay límite para mi capacidad", dijo Lady Candice.
Antonio finalmente sacó la cabeza de las nubes y comenzó a mirar a su alrededor. "Dios mío, ¿de dónde salieron todas estas cosas? Olivia, te ves hermosa", dijo Antonio asombrado.

"Gracias", respondió ella.

"Espera, el lago se ve diferente. Es INCREÍBLE. ¿Qué pasó?", preguntó Antonio.

"No lo sabemos", dijeron Malik y Olivia.

"Lo único que deseo", dijo Olivia, "es lo que hay dentro del barco. Todo lo demás sucedió cuando estabas allí rezando mientras Lady Candice conducía".

Espera, ¿hablas en serio? preguntó Antonio.

Sí, Bonio dijo Malik.

¡NO! ¡No puede ser! pensó Antonio. ¿Qué? dijo Olivia.

Eres muy entrometido, si quieres saberlo. Estaba recitando el Salmo 1. ¿Crees que activé el poder de la mente por un hermoso miedo? No, no podría haberlo hecho dijo Antonio.

Para asegurarse de que no estaba perdiendo la cabeza, Antonio comenzó a pensar... que lloviera manzanas verdes. En cuestión de segundos, empezó a llover manzanas verdes. Automáticamente, Olivia y Malik le gritaron a Antonio.

¿Qué? dijo.

¡Sabemos que eres tú! ¡Manzanas verdes! ¡Vaya, nos están golpeando! ¡Haz que pare! dijo Olivia. Deseó un escudo, y un escudo apareció alrededor de Lady Candice.

Antonio dijo Malik, ¡hemos dicho que pararas! Estamos en el agua, Bonio. ¿Cómo va a nadar Lady

Candice? Tienes razón, Malik dijo Antonio. En cuestión de segundos dejó de llover manzanas verdes.

Lo hice dijo Antonio.

Sí, lo hiciste dijo Lady Candice.

Espera, ¿puedes oír mis pensamientos también? preguntó

Antonio. Sí, hermoso príncipe. Buen trabajo dijo Lady

Candice.

Sonriendo orgullosamente para sí mismo, Antonio agarró una manzana verde de la canasta dorada, se inclinó
hacia el costado de Lady Candice y golpeó su frente contra su propio campo de fuerza.

"¡Oooosh!", dijo mientras imaginaba que le quitaban el escudo para poder disfrutar del paisaje.

Lady Candice sonrió con gracia, inclinando la cabeza hacia arriba y hacia abajo mientras conducía a un ritmo más rápido

hacia el reluciente lago.

SOBRE LA AUTORA

Sherefa Tene Green nació el 9 de noviembre de 1988 en Kingston, Jamaica, hija de Marcia Palmer y Eyton Green. Al ser la única niña de 5 niños, tuvo que encontrar su propio ritmo, en su propio carril. A la edad de 8 años, ella y su hermano David L. Green fueron desarraigados de su ciudad natal y se mudaron a Miami, Florida, en 1996. Durante este tiempo, asistió a varias escuelas. En 2006, se graduó cum laude de Miami Edison Sr. High. También asistió a Florida Memorial University y Miami Dade College, donde estudió Biología, y algunas otras escuelas técnicas. Siempre tuvo el sueño de convertirse en cirujana ortopédica o pediatra. "A Sherefa le encantan los niños". Actualmente está inscrita en Oakton College para continuar sus estudios. A la edad de 23 años se casó; durante ese período de su vida, dio a luz a 3 hermosos ángeles Antonio, Olivia y Malik Smith. Sin embargo, la vida tiene su modo de transporte diferente. Actualmente reside en Evanston, Illinois, donde finalmente creó sus metáforas de cambio y su amor por la escritura durante el confinamiento por la pandemia de COVID-19. Esta hermosa mujer de 32 años tiene un talento y un don únicos. Esta reina finalmente ha ocupado el lugar que le corresponde y ha reclamado sus derechos en la historia. Hacia el futuro, Kingdom Legacies.